작은 기쁨들의 천국

여관구 시집

시음사
시사랑음악사랑

시집, '작은 기쁨들의 천국' 출간을 축하하며

　자신을 보여줄 수 있을 만큼 지나온 시간에 최선을 다한 사람! 누군가에게 그 많은 삶의 기억들이 쉼이 되어 줄 수 있는 사람! 그런 사람이 시인이 아닐까요? 시인 여관구님의 시집 출간을 진심으로 축하합니다.

　시에는 그 사람의 가치가 묻어 있고, 그 사람이 바라보는 방향이 드러나며, 그 사람을 붙들고 있는 그 누군가가 드러납니다. 그 옛날 다윗이라는 시인은 그의 삶에 함께하며 그를 가르치고, 다듬으며 인도했던 "그 사랑"을 향해 노래하고 시를 지었지요. 수많은 풍파 속에서도 앞으로 갈 수 있었고, 유혹 속에서도 완전히 엎드려지지 않고 무엇인가를 배우며 끝까지 부끄럽지 않은 길을 갈 수 있었던 이유도, "그 사랑"을 향해 시로 노래했기 때문일 것입니다. 그리고 '그 사랑'을 향한 다윗의 시는, 지금도 우리에게 쉼이 되어 주고 공감이 되어 줍니다.

　여관구 시인의 시에도 '그 사랑'이 진하게 배여 있습니다. 왜냐하면 그의 시는 작은 기쁨들을 누리며 천국을 노래하고 있기 때문입니다. 큰 것을 추구하고 자극적인 즐거움을 추구하는 세상 속에서, 일상에 주어진 작은 기쁨으로 옷 입고 그것을 밟는 하루를 누릴 수 있을 만큼 다듬어진 그의 마음이 보여 집니다.

한 발짝 걸을 때마다 작은 기쁨들이 밟히는 폭신한 기분
팔을 흔들 때마다 스치는 작은 기쁨들의 웃음소리

나는 오늘도 작은 기쁨들에 둘러싸여
행복이 지어놓은 작은 기쁨들의 예쁜 옷을 차려입고
또 웃음을 들고 행복을 전할 것입니다.

그의 시는 마음을 보여줍니다. 사랑, 겸손, 선과 악, 교만, 희망, 연합(하나)의 마음… 인생의 궁극은 마음의 변화와 내면의 성숙이지 않을까요? 한 인생의 시간과 공간 속에서 그를 만든 '그 사랑'의 손길을 느끼며 우리도 함께 익어 가면 좋겠습니다. 그의 눈이 바라본 작은 기쁨들이 이제 우리의 마음에 깊이 전해짐을 느끼며 미소 지어 봅니다.

경산중앙교회 담임목사 김종원

시인의 말

내 몸으로 지나간 세월의 발자국들
검은 머리가 파 뿌리가 되었고 주름살 밑에
인고의 세월을 가두어 놓았습니다.

고희가 가까운 인생의 황혼기에서
주름살 밑에 가두어놓은 인고의 세월 속에
실타래처럼 감겨있는 아름다운 이야기들을
한 가닥씩 조심스럽게 풀어내어
내 삶의 흔적을 이 세상에 알리고자 합니다.

많은 사람들이 이 글을 읽고 삶에 위로가 되고
기쁨이 되었으면 하는 기대도 하면서
한편 부끄러운 마음도 한쪽 구석에
쪼그리고 앉아 있습니다.

늦은 나이에 첫 시집을 준비하는 두근대는 마음은
새색시 시집가는 마음에 비하리요 만
행복한 마음을 감출 수가 없습니다.

그동안 인고의 세월을 곁에서 보듬어준 아내에게 감사하고
모두가 따뜻한 마음으로 응원해 주시기를 바랍니다.

여관구 시인

QR 코드

스마트폰으로 **QR** 코드를 스캔하면
시낭송을 감상할 수 있습니다.

 제목 : 분노
시낭송 : 박순애

 제목 : 욕심
시낭송 : 박영애

 제목 : 그리움
시낭송 : 김지원

 제목 : 봄비
시낭송 : 최명자

첫 번째 사랑 : 사랑하는 마음

두 번째 사랑 : 겸손한 마음

세 번째 사랑 : 예수님의 멍에

열 번째 사랑 : 교만한 마음

열한 번째 사랑 : 마음의 열매들

첫 번째 사랑

사랑하는 마음

신인상 받는 마음

신인상 소식과 축하전화를 받고 흥분된 마음이
온종일 구름 위에서 무지개를 보았습니다.

시를 만나게 된 것은 행운이었습니다.
시의 길은 설렘이 있는가 하면 동시에 고통도 있었습니다.

앞으로 설렘은 다스려 받아들이고 고통은 기꺼이 감내하려 합니다.
비록 많은 이들의 가슴을 울리는 시를 쓰지 못할지라도
내 스스로 시를 통해 구원받고 이 세상에 작은 발자취라도
남길 수 있다면 충분한 가치가 있을 것이라고 믿기 때문입니다.

시의 길을 열어주신 분들께 감사를 드립니다.
열린 그 길을 열심히 걷겠습니다.
결코 조바심내지도 서둘러 닫지도 않으렵니다.
나의 언어로 나의 생각과 느낌으로 세상을 만나려 합니다.
그동안 힘이 되어주신 문우님들께 감사한 마음 전합니다.
지켜봐 주시면 걸음마에 큰 힘이 될 것입니다.

작은 기쁨들의 천국

작은 기쁨들은
내 생의 윤활유이자 행복입니다.
오늘도 작은 기쁨들을 찾으려고
분주한 하루가 될 것입니다.

하루를 열고 나오니 촉촉한 기쁨이 빙그레 웃으며
나를 반깁니다.

한 발짝 걸을 때마다 작은 기쁨들이 밟히는 폭신한 기분
팔을 흔들 때마다 스치는 작은 기쁨들의 웃음소리

나는 오늘도 작은 기쁨들에 둘러싸여
행복이 지어놓은 작은 기쁨들의 예쁜 옷을 차려입고
또 웃음을 들고 행복을 전할 것입니다.

눈 마주치는 이마다 작은 기쁨들을 받아가고
웃음을 건네받은 사람들은 행복도 가져갑니다.

나의 하루는 작은 기쁨들의 천국입니다.

감당할 수 없는 그리움

그대가 보고 싶어 내 맘을 졸이던 날
나는 내 모습을 돌아보았네.

보고만 있어도 좋은걸
만지려 했고

생각만 해도 좋은걸
안으려 했고

스치기만 해도 좋은걸
입 맞추려 했네.

그대가 있는 그곳을 바라보며
그리움 가득 가슴으로만
담고 있어야 할
당신의 사랑

가슴 깊이 끓어오르는 열정
그리움으로 묶어놓기엔
감당할 수가 없었네.

행복한 날

어제 내린 비
가뭄을 쫓아내서 좋고
마른 냇가에
물 웃음소리 흘러넘쳐 좋다.

햇살 쏟아지는 날은
내 마음 뽀송해서 좋고
비 쏟아지는 날은
궁금한 입에 부침개 소리 들려줘서 좋다.

당신이 내 곁에 있는 날도
내가 당신 곁에 있는 날도
하루하루가 너무 행복해서 좋고

이 세상에 당신이 있어
내가 이리 좋은 것처럼
내가 당신 곁에 있어
당신도 행복했으면 좋겠네요.

향기의 무게

전화기 너머로 들려오는 목소리만 들어도
내 마음 이렇게 설레는데

당신의 목소리에서 풍기는 향기는
내 마음을 이렇게 두근거리게 하는데

저 꽃들의 대화 속에는
어떤 설렘이 들어 있을까.

저 꽃들의 마음속에는
어떤 두근거림이 돌아다닐까.

내 맘속에 타오르는 불꽃은
당신 마음의 향기로 끌 수가 있지만

저 꽃들 속에 이글거리는 열정은
벌들이 다 감당할 수 있을까.

나는 당신 마음의 향기와
꽃들의 향기 무게를 내 마음으로
저울질해 봅니다.

당신의 향기를 내 맘에 담으며

한 송이 장미꽃이 활짝 피었습니다.

당신이 피워놓은 장미꽃 속에는
당신의 사랑이
당신의 마음에 향기가
웃음의 주름 꽃을
가득가득 담아 놓았습니다.

방긋이 웃고 있는 그 꽃봉오리를
마음으로 그립니다.
꽃잎을 한 장 한 장 그리다 보면
꽃잎 사이로 새어 나오는 웃음의 향기가
내 마음으로 스며들어 웃음꽃을 피웁니다.

그리는 손끝에서
웃음과 함께 향기가 그려집니다.
꽃잎 속에 숨겨져 있는 당신의
웃는 얼굴을 그립니다.
향기 속에 숨겨져 있는 당신의
고운 마음을 그립니다.

나는 꽃잎 한 장 꽃술 한 개 그릴 때마다
당신의 향기를 내 맘에 담으며 행복해 합니다.

사랑놀이

사랑은 꿈인가요.
　　　질투인가요.
　　　아픔인가요.

벅찬 감동이 사라진 뒤에도
잔잔히 흔들리는 기쁨이 있듯이
그녀의 깊은 체온이 사라진 뒤에도
부둥켜안고 가야할 사랑이 있습니다.

붉게 타오르던 욕정을 식히며
스르르 감정을 잡아매는 저녁
사라진 사랑 다시 찾기 어려워라

헤어진 뒤에도 아쉬움을 찾는 시간이 있습니다.
사랑이 식은 뒤에도
뜨거움을 생각하는 날들이 있습니다.

뜨거웠던 시간이 추억이 되는 날
그 날들은 다시 오지 않겠지만
어디서부턴가 또 시작해야 할 사랑놀이.

장미꽃 닮은 당신

장미꽃 향기를 그리려다
당신의 얼굴을 그렸네요.

꽃의 향기는 당신의 향기를 닮았고
방긋이 웃는 모습도 당신의 마음을 닮았습니다.

당신의 모습에 녹아내린 내 마음과
웃음의 향기에 젖은 마음이 당신을 닮아갑니다.

이 푸르른 계절이 당신의 마음 같고
저 푸른 하늘에 떠다니는
뭉게구름도 당신 마음 닮았네요.

비 온 뒤에 개는 기분도 당신의 마음 닮았고
화사한 예쁜 마음도 당신 마음 닮았습니다.

이 꽃이 지고 나면 또 다른 계절이 오겠지만
계절이 진자리에 흔적이 없듯이
당신의 마음 놓았던 자리에
또 다른 삶을 위하여 흔적을 지웁니다.

장미꽃 마음 닮은 당신을 그리는 것은
가슴 뛰는 일입니다.

기분 좋은 날

내 몸은 땅위에 있어도
내 마음은 구름의 자리를 빌리고

내 마음을 감싸고도는 이 폭신한 기분은
나를 하늘 보좌에 앉힙니다.

당신의 애정 어린 웃음소리에도
내 심장은 고동치고
당신을 가만히 바라보기만 해도
벌써 내목소리는 기쁨으로 들떠있습니다.

눈빛 하나만 으로도
당신의 연분홍빛 사랑을 느낄 수가 있고
혀 밑에 감추어진 당신의 애교는
내 마음을 녹아내리게 합니다.

마음의 문이 열리고
따뜻한 온기가 내 심장으로 밀려들 때는
내 손끝이 떨리고
나의 하루는 행복을 침상위에 뉘입니다.

미소 속에 갇힌 나

웃음 속에 갇힌 그대여 깨어나라
나는 웃음 속에서 행복으로 중독이 되었습니다.

싱긋이 웃는 그대의 보조개 꽃 속에
내 마음을 숨겨 놓고

쌩긋이 웃는 그대의 눈웃음 속에
내 행복을 숨겨 놓고

마음으로 웃는 그대의 미소 속으로
내 행복을 넣어 봅니다.

그대의 미소는 나의 행복입니다.
나는 그 행복을 놓이지 않으려고

참새들의 잔소리에서도 웃음을 찾고
매미들의 울음 속에서도 미소를 찾고
꽃들의 웃음 속에서도 행복을 찾습니다.

나는 웃음 속에서 우러나는 향기에 중독이 되고
미소의 아름다운 행복 속에 갇혀있습니다.

사랑하는 마음

"사랑은 오래참고 사랑은 온유하며 시기하지 아니하며
사랑은 자랑하지 아니하며 교만하지 아니하며
무례히 행하지 아니하며 자기의 유익을 구하지 아니하며
성내지 아니하며 악한 것을 생각하지 아니하며
불의를 기뻐하지 아니하며 진리와 함께 기뻐하고
모든 것을 참으며 모든 것을 믿으며
모든 것을 바라며 모든 것을 견디느니라."
〈고린도 전서 13장 4~7절 〉

두 번째 사랑

겸손한 마음

가 족

한 지붕 밑 온 가족이
옹기종기 둘러앉아
이야기 꽃 피우고 재롱 꽃 피우는 모습
부러움이 또 있겠소.

물질의 풍족 보다
마음의 평안이
행복한 인생길인 것을

손자. 손녀 재롱떨어
할아버지. 할머니 주름살 펴다오

웃음 속에 젊음 오고
근심 속에 늙음 오듯
시름 속에 묻힌 마음
재롱 꽃에 묻혀보자

사랑할 수밖에 없는 당신

나는 오늘도 웃음으로 말하는
당신의 모습을 보면서 행복해 집니다.

손잡으면 당신의 마음 움직임을
만질 수가 있어 좋고

눈 맞추면 말하지 않아도
당신의 사랑을 잡을 수 있어서 좋고

입 맞추면 당신의 입속에 숨어있는
말들을 알아내서 좋습니다.

나는 향기 품은 당신의 말소리에
귀가 먹었고

웃음꽃이 활짝 핀 당신의 얼굴에
눈이 멀었습니다.

이것이 당신을 사랑할 수밖에 없는
이유입니다.

내가 태어난 날

어린 새싹이 지구(地球)를 들어 올려
발로 딛고 서듯이
세상(世上)에 나를 세워주시고
삶에 근본(根本)을 알게 해 주신
부모(父母)님.

오늘 이 축복된 날에
겸손(謙遜)의 밑바닥에 서서
나를 돌아보게 하는
참된 날입니다.

세월 속에서 든든하게 서 있는 내 모습(貌襲)에
지난 시간을 묻어놓고 오늘 만이라도
마음이 저리도록 부모님을
그리워하렵니다.
나를 세상에 있게 한 부모님을 생각하면서…….

아들에게

너의 훌쩍 커 버린 마음이 고마워
그 마음속에서 쉬고 싶다.

철이 늦게 드는 애비의 마음으로 태어나
세상 속에 들어가는 때는
늦기는 했으나
마음만은 키보다 더 큰
너의 마음에 늦은 행복을 느낀다.

모래알 속에 묻혀있는 보석을 찾아내어
마음으로 닦고
사랑으로 품어
행복한 삶을 살기를 바란다.

첫 열매

거친 밭 일구어가며 땀 흘려 가꾼 보람
꽃피워 가는 인생 어려워도 힘들 때도
따스한 고운 손길이 베풂 주는 마음들

우리가 사는 세상 가장 높고 귀한 것은
무한정 쏟아붓는 부모님의 큰사랑
애정과 땀의 결실이 여무 지는 소망들

뜰 아래 심은 꿈은 꽃으로 활짝 피어
천성어진 부모 밑에 충실한 열매 되어
부모님 진심 헤아리는 자식도리 다하리.

손 자

두 무릎 밑에
간절한 마음 깔아놓고
주님의 은총을 온몸으로 받더니만
내 맘 녹이는 귀한 손자 우리 가정에 보내셨네.

주님의 은혜에 덮인 아름다운 마음은
기도 속에 파묻힌 우리 가족의 몸부림이
우리의 소망과 너희의 간절함으로
눈에 넣어도 아프지 않을 귀염둥이 보내셨네.

아픔과 고통을 인내한 보람으로
주님만 바라보는 신실한 믿음 키워
이 세상 무엇과도 비길 수 없는 헌신적인
사랑을 베풀 수 있는 자녀로 성장하게 하소서

이사 가던 날

근검절약하며 살아온 날들
눈물도 닦고, 땀도 닦으며
알차고 충실한 결실을 맺었다.

인내와 끈기로 웃음과 행복이 넘치는
보금자리를 만들어 놓고
달팽이 등짐 지고 이사를 간다.

마음속에 부풀어 오르는 감격과 기쁨이
입과 얼굴로 번져 나와
방바닥에 우수수 떨어지고
아이들은 행복을 안고 뒹굴면서
마음껏 즐거움에 꿈을 키운다.

이 행복한 보금자리에 주님의 은총이
언제나 가득하기를 두 손을 모아본다.

봄 마음

긴장으로 싸맸던 마음이 헐거워질 때
마음 틈으로 스며든 햇살 한줄기처럼
천 냥 빚을 값을 말 한마디가
마음을 따뜻하게 하네요.

뜨거운 마음으로 감싸준 그대여
포근한 마음속에 송두리째 갇혀서
평생이라도 같이 하고픈 삶

그대 품속에서 한 번쯤은 어스러져도
참. 좋았을 순간들

화사한 마음속에 찾아온 봄꽃처럼
가녀린 날갯짓하며
내 입술을 더듬는 나비처럼
사랑한 짐 지고 날아온 너에게
내 마음을 모두 주고픈 봄날입니다.

봄의 향기

즐거운 노랫소리에
봄 마음 활짝 열어보니
벌들의 합창 소리와 꽃들의 화음이
웅장하게 울려 퍼지는
곱고 고운 봄의 향기 소리가 나는 곳

연초록 봄옷 입고 너울너울 춤을 추고
발걸음마다 아지랑이 폭신거리는 감촉
봄은 내 마음을 안고
향기 웃음 웃습니다.

겸손한 마음

"무릇 자기를 높이는 자는 낮아지고
자기를 낮추는 자는 높아지리라."

〈 누가복음 14장 11절 〉

세 번째 사랑

예수님의 멍에

믿음이 있는 곳에

기억할 수 없는 날들을
무릎으로 새벽을 일으키는 주님의 자녀들이 있어
우리가 행복한 것을 나는 감사하는 마음으로 느낍니다.

그들의 무릎 밑에 녹아있는 주님의 사랑이
우리 마음을 회복시켜주는
주님의 큰 뜻임을 우리는 믿습니다.

우리가 가는 길이 험하고 힘들지라도
주님이 주시는 성령 충만한 힘이 내 마음을 감싸 안아줄 때
평온하고 마음에 갈증이 녹아 굳은 의지로 경배합니다.

믿음은 마음이 녹아 흐르는 성결체와 같아서
행함이 있는 곳에서 주님의 뜻이 이루어져
온 누리가 행복하리라.

기   도

무릎을 조아리는 간절한 마음은
천둥소리에 숨어오는
주님의 음성을 듣기 위함이라

무릎을 조아리는 간절한 마음은
땅이 갈라지고 천지가 진동하는
주님의 음성을 듣기 위함이라

무릎을 조아리는 간절한 마음은
태산보다 높은 거친 파도가 밀려오는 물결 속에서
주님의 부드러운 음성을 듣기 위함이라

무릎을 조아리는 간절한 마음이
빈 가슴이면
폭포수처럼 쏟아지는 주님의 은혜를
가득 담을 수 있음이라

온 맘 다해 간절히 기도할 때
살며시 찾아오는 주님의 맘은
성령의 열매입니다.

봄 끝을 잡고

봄바람 살랑대며 손짓하는 언덕길에
씀바귀 노랑웃음 흘리며 눈짓하고
노랑나비 춤을 추며 내 마음 잡아끈다.

졸졸졸 흐르는 시냇가 섬돌에 앉아
발 담그고 눈 마주치며 마음을 절이는 연인들 사이로
관객이라도 되는 양 우르르 몰려드는 피라미 새끼들

한가로이 흐르는 맑은 물 위엔
바람에 밀려 빠져버린 새털구름들이 허우적댄다.

마음에 봄을 펴고 추억을 베개 삼아
잔디요 깔아놓고 하늘이불 덮고 나니
따스한 봄기운이 온몸으로 퍼져온다.

싱그러운 봄을 놓치기가 아쉬워
그 끝을 잡고 몸부림을 쳐 보지만
바람에 실려 가며 봄 치마 나부낀다.

장미꽃 연정

장미꽃 붉은 열정 가지 위에 타오르고
5월의 푸른 향기 마음속에 가두어 놓고
그리워 찾아온 고향 내 임인 듯 반겨주네

방긋이 웃으면 보이는
찔레 향기 하얀 이빨 내 마음을 설레게 하고
바람의 춤사위에 너울너울 춤을 추네.

그리움을 마음속에 숨겨놓고
외로움을 토하다 열려버린 빨간 입술
사랑만큼이나 달콤한 너의 입술을
장미꽃 그 향기가 어루만져 주는구나.

향기를 열고 앉아 뜨거운 마음보이더니
검붉은 입술로 사랑한다는 말 고백도 못한 채
마음으로 흐르는 사랑님 생각에
눈물 되어 떨어지는 꽃송이가 되었구나.

계절을 잊고 찾아온 꽃

가을 길을 걷다가
장미꽃 넝쿨을 만났다

눈앞에서 나를 부르는 몸짓들이
내 마음을 흔들어놓고

지각(遲刻)으로 피는 꽃들의
환한 웃음소리가 내 발길을 잡아맨다.

계절을 잊고 찾아온 낯익은 꽃이라
마음 부끄럽게 다가와 보지만

어차피 떠나버린 그대 생각 잊힌 지 오래라
갑자기 나타난 그대 모습에 당황하는 내 마음은
멈춰버린 사랑 되돌리기가 힘겹구나.

안타까운 심정으로 바라보는 내 마음은 제철에서 본
그대 모습과 다름은 없지만

또 시간이 지나 계절이 바뀌면
떠나보낸 그대 아름다운 모습이
내 가슴에 아려오겠지요?

웃음에게 받은 행복

얼굴에 웃음이 출렁입니다.

눈가에 웃음을 가두고 함박웃음 웃어보세요.
입속에 피어 있던 웃음꽃이 향기와 함께
당신에게 전해지는 행복

당신의 입꼬리를 살짝 당겨보세요
당신 마음속에 숨겨둔 행복한 웃음이
목젖을 헤집고 입 밖으로 뛰쳐나올 테니까요.

지나가는 바람도 꽃봉오리를 살랑
지켜보던 강아지도 나에게 다가와 꼬리를 살랑
웃음 한 가닥 던져주고 가네요.

당신과 나 사이에서 날아간 웃음소리
어느 누군가의 마음에 안겼다가
내 마음 속으로 되돌아온다는 걸
눈 마주치며 웃어보면 알게 될 것입니다.
웃음이 주는 행복을…….

유년 시절

메뚜기 자리다툼하던 유년시절에
방아깨비 양식 부족하여 방아를 찧고
소 몰고 풀 먹이러 오르는 언덕길엔
노랑나비 흰나비 춤을 추고
뻐꾹새 노랫소리에 마음을 달랜다.

노릇노릇 익어가는 보리밭에는
부모님 땀 냄새가 배어나오고
나풀나풀 자라나는 콩잎을 보면
동글동글 콩 볶아 먹던 기억이 자라나와
소중한 추억 한 토막을 보듬어 안는다.

산 냇가 맑은 물에 가재를 잡고
입술이 파래지도록 목욕을 하고
소먹이고 메뚜기 잡아 집에 오면은
서산에 지는 해는 반딧불 이를 불러 모은다.

손자 꽃

봄 망울
봄 햇살
봄바람이 아지랑이 깔아놓고
포근히 안아주던 날
손자와 함께 봄 마음속으로 들어왔다.

봄을 바라보며 방긋방긋 웃는
손자의 얼굴에도
　　　입술에도
　　　눈망울에도

봄 망울과
봄 햇살과
봄바람이
귀여움을 어루만져 주네요.

아장아장 걷는 걸음걸음마다
아지랑이 아롱아롱 따라오고

방긋이 웃는 입술 사이로 보이는 하얀 꽃잎 두 장
얼굴에 활짝 핀 보조개 꽃 두 송이
초롱초롱한 눈망울 두 송이
손자의 얼굴에 피어난 꽃들입니다.

눈웃음 높이

요즘 아내는 오후만 되면
맡겨놓은 손자 웃음소리를 찾으려 어린이집에 간다.

보면 볼수록 내 마음에 주름살을 펴주는
귀여운 모습, 귀여운 웃음,
가끔씩 튀어나오는 어느 세계의 귀여운 말들

눈가에 입언저리에 맺혀있는 웃음들이
아내에게 와르르 달려올 땐
세월이 접어놓은 마른 대추 같은 마음에 주름살이
고무풍선처럼 확 펴지는 행복한 순간이다.

이 기쁨 이 순간들을 어찌 어린이집에 놓아둘 수 있으랴
내 몸이 내 마음을 따라가지 못하더라도
이 즐거운 행복을 놓일 수 없어
오늘도 손자와 눈웃음 높이를 재본다.

예수님의 멍에

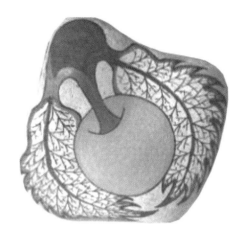

" 수고하고 무거운 짐 진 자들아 다 내게로 오라
내가 너희를 쉬게 하리라. "

〈 마태복음 11장 28절 〉

네 번째 사랑

하나 된 마음

고 백

당신이 내 마음 두드릴 때마다
나는 내 쾌락에 취해 내 자신을 보지 못했습니다.

탐심의 구렁텅이로 굴러떨어질 때도
나는 당신을 보지 못했습니다.

삶과 죽음의 틈바구니에서
당신의 긍휼과 마주친 어느 날
당신이 내미는 손을 그때서야 잡았습니다.

당신의 사랑이 항상 그곳에 있음을 알았을 땐
참회의 눈물이 무릎을 적셨지요.

당신의 사랑이 넘쳐나고
당신의 때가 영원하니

자기를 부인하고 자기십자가를
짊어지고 가야 함도 깨달았습니다.

눈물 찌꺼기

정이 흐르는 곳에 마음이 멈출 때
두 눈에 눈물샘이 흘러넘치고

마음 문이 열리고 감동의 물결이 파도칠 때면
세파에 시달려 얇아져 버린 눈물샘 위로
소리 없이 넘쳐흐르는 마음의 눈물은

젊음의 눈물에는 슬픔과 흥분이 녹아 나오고
늙음의 눈물에는 사랑과 정이 녹아 나옵니다.

눈물이 한바탕 쓸고 간 자리엔
왜 이리 마음에 평온이 오는지요.
아마도 인생의 찌꺼기들을 쓸어낸 탓일까요.

눈물로 씻어낸 이 감정의 찌꺼기들을
맘 밖으로 밀어내어 내 마음을 밝게 해 줍니다.

눈물로 빨아 널은 걱정과 근심,
질투와 탐심이 마르고
배려하는 향기가 풍겨 나올 때
눈물의 꽃이 활짝 피겠죠.

손자에게 배우는 삶

높은 산 깊은 계곡에서 핀 앙증맞은 꽃처럼
깊은 계곡을 온통 뒤덮은 예쁜 꽃들의 향기처럼
내 맘 속으로 아장아장 걸어 들어온 내 마음의 천사

오늘도 그 웃음의 향기를 전해주는 손자와
눈 맞추고 마음도 맞추어 본다.

집안에는 온통 손자 꽃이 활짝 피고
내 맘 속에는 귀여움의 꽃이 향기를 뿜어내고
나는 행복 속에 파묻혀 세월을 잊는다.

손자의 마음속에서 자라는 사랑이 보이고
손자의 행동 속에 숨어있는 배려가 보입니다.

나는 내가 깨닫지 못한 어린 사랑과
숙달되지 않은 배려를 손자에게서 배웁니다.
손자의 큰마음을 추억으로 담아
내 작은 마음에 놓아둡니다.

봉숭아 꽃물

빨강, 분홍 꽃 주머니에
그대 마음 담아놓고

손톱, 발톱에 아롱다롱 메어놓고
그대 꿈을 꾸다 보면

내 사랑 예쁘게 담긴 꽃물이
손톱, 발톱 끝에 곱게 물듭니다.
손끝에 익은 사랑 손대면 터지고

사랑 안고
꽃물 담고
마음까지 안다 보면

내 마음에 새겨진
그대 마음도 꽃물이 들어

우리 사랑 영원히 변치 않는
예쁜 사랑 할래요.

마음을 키우는 묘약

사랑은 예쁜 마음을 키웁니다.

사랑은 알록달록 색깔이 있고
그리움은 아름다운 추억이 있고
보고픔은 찔끔찔끔 눈물이 있고
외로움은 시나브로 사랑을 키웁니다.

사랑 속에 들어있는 아름다운 묘약들이
마음을 감싸 안고 나를 데리고 갑니다.

나는
사랑도,
그리움도,
보고픔도,
외로움도
마음속에서 향기로 버무려
예쁜 마음을 키우는 묘약으로 쓰렵니다.

질   투

싱그러운 푸름 속에서
살며시 웃으며 깨어나는 아기처럼
화사한 마음속에 장미꽃 사랑이 찾아온다.

빨간 웃음 속에서 톡톡 터지는 너의 향기는
내 마음을 잡아끄는 내 사랑처럼
마음을 두근대게 한다.

뭇 사람들의 시선이 너의 예쁜 모습으로 몰려올 때
그 시선들에 꺾일까 봐 가시를 세워 놓았겠지.

내 마음도 그대의 예쁜 모습에
질투를 세워놓고 그대를 지키기 위해
향기를 가시에 숨겨놓았다.

열정적인 그대의 모습에 내 마음은 흔들리고
자지러지게 웃는 모습에서
사랑은 질투처럼 가시가 돋는다.

열   병

보고 싶은 얼굴 웃음으로 가리고
보고 싶은 마음 그리움으로 가려도
그 모습 잊지 못함은 외로움 때문일까.

보고 싶은 얼굴 두 손으로 가리고
보고 싶은 마음 두 눈으로 가려도
그리움이 되살아남은 사랑 때문일까.

어차피 잊을 수 없는 사랑이라면
어차피 지울 수 없는 그리움이라면
마음만 태우지 말고

흘러가는 세월 속에 사랑도 그리움도 묻어놓고
젊음 속으로 푹 빠져 보자구나.

분   노

검은 연기가 계속 뿜어져 나오는 마음속에
큰불로 번질까 두려워 눈물로 꺼봅니다.

숨어버린 사랑은 찾을 길 없고
먹구름처럼 밀려오는 근심만이
내 마음을 조여 옵니다.

내 마음의 회초리에 꽃이 피고
교만에 싹이 돋았습니다.

폭탄을 안고 있는 마음에
불안,
초조,
긴장이 밀려와
폭발할 것 같은 마음을 인내로 감싸고
밖으로 뛰쳐나왔습니다.

밝게 웃음 짓는 공기
살포시 안아주는 자연의 향기가
마음의 폭탄을 제거하고

엄마 품처럼 포근한 자연의 품으로 나를 안아주니
사랑이 다시 살아나서 분노를 녹입니다.
자연은 포근한 엄마 품입니다.

제목 : 분노
시낭송 : 박순애
스마트폰으로 QR 코드를 스캔하면
시낭송을 감상할 수 있습니다.

이 발

나를 다듬는 시간
내 마음 희로애락의 부산물을 잘라냅니다.
쌓이고 쌓였던 괴로움이 뇌의 모관을 따라 밖으로 나가고

즐거움과 기쁨의 일들이 노화되고 뇌의 찌꺼기가 되어
밖으로 나온 것이 내 머리를 덮고 있습니다.

마음의 찌던 때를 깎아내는 시간
경건한 마음으로 나를 돌아보며 눈을 감습니다.
싹둑싹둑 묵은 마음이 잘리는 소리가 내 귀를 덮습니다.

묵은 마음이 잘린 그 자리엔
또 내 마음을 덮는 희망의 싹이 돋아나겠죠.

하나 된 마음

"나는 포도나무요 너희는 가지라
그가 내 안에 내가 그 안에 거하면
사람이 열매를 많이 맺나니 나를 떠나서는
너희가 아무것도 할 수 없음이라."
〈 요한복음 15장 5절 〉

다섯 번째 사랑

마음 문을 열어라

믿음의 고백

벌, 나비들이 춤을 추는 이유가
꽃을 피우기 위한 줄은 몰랐습니다.

벌, 나비들이 꽃에 입맞춤하는 것은
향기를 불어넣는 행동인 줄 몰랐습니다.

벌, 나비들의 노랫소리에 맞추어
꽃들이 피고 지는 줄 몰랐습니다.

꽃들과 벌, 나비들은 자기 스스로
나고 자라고 죽는 줄 알았습니다.

황홀한 아름다움의 섭리
경이롭고 신비한 조화
영원한 생명의 비밀이 정녕
당신의 손길임을 몰랐습니다.

우산의 비애

슬픈 날에
누구의 눈물인가
젖지 않으려고 우산을 쓴다.

촉촉이 젖은 날씨에
왠지 옆에 없으면 허전할 것 같아
받쳐 든 우산

한참을 서럽게 울던 그 슬픔 그치고
침울한 분위기 속에서
우산은 제할 일 다 한 것처럼
옆에 반듯이 누워있다.

누가 울었나 싶게 햇살은 쨍쨍하고
나를 위로해 주던 우산은 잊은 체
가는 나를 보며 얼마나 원망했을까

집 가까이 와서야 목 놓아 부르는
너의 목소리를 깨닫고
외로워 몸부림치고 있을 너를
상상만 해도 마음이 아려온다.

가　장

무더운 여름보다 먼저 일어나
새벽을 깨우는 저 기침소리
가장의 책임으로 삽짝을 나서고

뒤뜰 산밭때기에
눈물로 한숨으로 사랑을 곱게 묻어
햇살가득 퍼지기를 기다리시던 아버지

거칠어진 손마디가 대나무 마디처럼 굵어지고
검게 탄 주름살에 땀방울 마를 날이 없어도
가장의 두 어깨에 놓인 사랑이 햇살가득 넘쳐온다.

알록달록 익어가는 일터의 보람들
아련 거리는 사랑 앞에 힘든 줄도 모르고
굽어진 등 언저리엔 세월의 발자국이 머문다.

눈에 넣어도 아프지 않을 귀한 자식들 생각에
달빛이 내린 골목길을 지친 몸도 가볍게
삽짝 문을 들어선다.

뜨락에 어지러운 신발들 안에
달빛이 고요히 스며든다.

이별연습

궁금하다.
보고 싶다.
허전하다.

오늘 아침 느긋한 마음속에서도 발걸음이 급해서
내 몸을 벗어나기 싫어하는 휴대폰을
책상 위에 두고 생각 없이 출근을 했다.

아차! 하는 생각 끝에 내 몸을 수색해 보니
역시나 역시였다.
떨어지기 싫어하는 너의 모습이 눈에 선하다.

허전하고 슬펐다 그리고 아쉬웠다.
너의 마음을 달래주지 못하는 심정
불러도 대답이 없는 너

어쩌나 혼자 몸부림치고 있을 너를 생각하며
하루쯤은 서로의 보고 싶은 간격을 두어도
참을 수 있는 마음에 인내를 키우는 것도

언젠가 우리 부부도 서로를 지워야 하는
그 날을 위하는 길이라 자책하며
마음에 위안을 삼는다.

풀잎 마음

뜨거운 햇살아래
목이 타들어가든 풀잎들은
이슬 한 방울도 나누어 마시고

토닥이는 빗소리에 귀를 열고 듣더니
나풀나풀 춤을 추며 생기웃음 웃는다.

거미가 손짓하니 풀잎 마음 접어주고
잠자리 손짓하니 굽은 등을 내어준다.

바람의 노랫소리에 너울너울 춤을 추고
물 한 모금의 고마움에 온 세상을 다 얻은 듯

풀잎들의 파란 마음이
우리 맘에 희망을 주고
풀잎들의 생기 웃음이
우리 맘에 용기를 준다.

욕심을 숨겨놓고 살아온 세월들
풀잎 마음 받아 안고 내 맘을 다독여본다.

하루를 사는 법

매미는 소리를 풀어
아름다운 음반을 만들고

누에는 마음을 풀어
고운 비단옷을 짜고

거미는 몸을 풀어
공중에다 거물을 짭니다.

꽃은 향기를 풀어
우리들의 마음을 감싸 안고

나는 몸을 풀어
하루하루의 보람을 짜고
마음을 풀어 행복을 짭니다.

오늘도 하루를 살면서
누군가를 배려하는 마음으로
살았는지 돌아보며
어둠을 헤치고 내일을 준비하러 갑니다.

산새들의 영혼

나무숲 속엔 산새들의 노랫소리
빌딩 숲 속엔 사람들의 웃음소리
사람들은 새들의 노랫소리에 마음을 열고 다가가 보지만
산새들의 마음을 얻을 수가 없습니다.

빌딩 숲 속에 비춰진 숲 그림자로 날아간 산새들은
소식이 없고 깃털만이 허탈한 웃음을 웃습니다.

독초의 꽃을 따먹은 후유증이라고들 하지만
새를 안고 싶은 유리창의 모함이라는 풍문이
설득력이 있습니다.

유리창에는 새들의 영혼이 스며있습니다.
유리창은 종종 슬픈 울음을 삼킵니다.

비가 올 때면 깊은 계곡이 생기고
산새들의 영혼의 울음소리 사이로 빗물이 스며듭니다.

햇볕이 유리창을 통과하듯이
그 영혼들이 유리창을 통과하며 살아가리라.

웃음의 향기

눈으로 흐르는 웃음은
내 마음에 전율로 느끼게 하고

얼굴로 흐르는 웃음은
내 마음을 포근하게 감싸 안고

입으로 흐르는 웃음은
내 마음의 향기를 불러일으키고

마음으로 흐르는 웃음은
내 몸에 꽃을 피웁니다.
웃음은 우리를 행복하게 해줍니다.

꽃들의 웃음소리 들어보셨나요.
그 웃음은 그들이 풍기는 향기보다
더 향기롭습니다.

웃으세요.
웃으며 살아요.
웃음 속에서 향기가 나옵니다.

하루를 들춰보면

마음을 꽉 조이는
아침을 열고 출근을 합니다.

실록위에 머문 햇살을 뒤적이며
또 하루를 보내다보면

차들의 소리마저 삼켜버린 주차장에
헐거운 한낮이 숨이 멈출 듯
지나가고 있습니다.

세상 살아가는 모습들이
각각의 모양들로 다가오고
힘든 삶이 성긴 무늬처럼
군데군데 얼룩져 보입니다.

햇살의 무게에 못 이겨
납작납작 눌려버린
풍경 밑에 깔린 저 침묵들이
하루를 토하며 내일을 들춰봅니다.

마음 문을 열어라

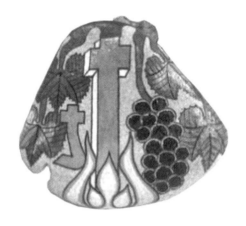

"구하라 그리하면 너희에게 주실 것이요
찾으라. 그리하면 찾아낼 것이요
문을 두드리라 그리하면 너희에게 열릴 것이니

구하는 이마다 받을 것이요
찾는 이는 찾아낼 것이요
두드리는 이에게는 열릴 것 이니라"

〈 마태복음 7장 7절 ~ 8절 〉

여섯 번째 사랑

선과 악의 마음

행복한 꿈

깜깜한 어둠 속에서 희망보다 절망으로
영혼이 빨려 들어가고

희망이 소실되어가는 암흑 속에서
주님의 손길을 느꼈습니다.

갈림길에선 나에게
전화벨이 울리고 주님의 음성이 목자를 통하여
사랑의 손길이 느껴질 때 사단의 몸부림은 멈추고
무거운 침묵 속에서 주님의 손길이
내 맘을 어루만져 주시니

내 맘은 갈등에서 희망으로
행복한 길을 갈 수가 있었습니다.

지금 가고 있는 이길 이
천국을 향한 길임을 깨닫고

오늘도 내 주위를 맴도는 사탄을 이기고
주님의 품에서 행복한 꿈을 꾸고 있습니다.

가뭄이 주는 충고

타들어가는 가뭄 속에서
한 방울의 물을 만들기 위해
먹구름 속에선 천둥 번개가
그렇게 울었나 보다.

목이 타들어가는 갈증을 붙들고
올려다보는 눈길
글썽대는 눈물방울로 목을 축이려 합니다.

한 발짝 걸을 수 없는 열기 속에서도
생명수 찾아 헤매는 뿌리들

포기란 이름 앞에서 머뭇거리다
한 모금의 물도 양보하려는
그 참 모습을 보면서

우리는 마음속 깊은 샘물도 가두어 두는
자신을 뒤돌아보게 합니다.

그리움의 색깔

그리움은 어디에서 오는 걸까.

귀여움과 예쁨 속에 묻혀있는 그리움들
우리는 그것을 알아채지를 못했습니다.

행복한 생활 속에서
분홍색 그리움을 잊고 살았습니다.

귀여움이 있던 자리에
그리움이 앉아있고

웃음이 일던 자리에
그리움이 일어나고

행복했던 생활 속에선
그리움이 묻어납니다.

예쁜 모습들이 떠난 자리에
누워있는 그리움
나는 그 그리움의 색깔 속에
내 맘을 넣어봅니다.

사랑 그리고 행복

사랑은 행복에게만 자리를
비워주는 줄 알았습니다.
언제나 그 자리에서
나만을 기다리는 줄 알았습니다.
내 마음 한 곳에만 자리 잡아
움직이지 않는 줄 알았습니다.

그러나 가끔은
슬픔에게도 그 자리를 비워주고
괴로움에게도 그 자리를 비워 준다는 걸 알았습니다.

사랑 뒤에는 슬픔이 따라오고
행복 뒤에는 괴로움도 따라온다는 걸 몰랐습니다.

사랑과 행복은 아무런 대가 없이
그렇게 받기만 해도 되는 줄 알았습니다.

왜 진작 몰랐을까요.
사랑과 행복도 움직이고
슬픔과 괴로움도 움직인다는 걸

내 맘 속에서 싹트는 사랑은 열정만 있으면
자라는 줄 알았습니다.

내가 사는 세상

따스한 햇살 같이
감싸주는 마음처럼

하얀 눈꽃같이
깨끗한 마음처럼

신선한 공기같이
보이지 않는 손길로

매일의 문을 열고
기쁘고 행복한 마음으로
보듬어 주는 하루

즐겁고 행복한 세상에서
자신을 찾아보자
내가 그곳에 서 있는지.

기다림 끝에 맺힌 행복

언제 부턴가
엘리베이터를 타면
기타 치며 아름다운 노래를 부르는
귀뚜라미 소리들

내 마음의 온도를 끌어내리는
기다리던 노랫소리
아~~벌써 고대하던 그 님이 오셨는가.

내 몸을 까맣게 태우며
질질 짜내던 마음에 물도
애잔한 노랫소리에 수맥이 막히고
귀뚜라미의 기타 소리에 바람도 느낌이 오는지
시원한 사랑으로 내 몸을 감싸는구나
기다림의 미학을 느끼는 날이다.

그립다고 그리워하고
보고 싶다고 보고 싶어 하는 마음 나뿐이겠는가
그리워할 수 있고 보고 싶어 할 수 있는 마음은
기다림 속에 녹아내리네.

내가 허수아비가 되고 망부석이 되어도
그대 기다리는 마음과 행복을 갈구하는 심정은
변함이 없으리라.

임의 향기

나는 오늘도
박주가리 꽃향기 곱게 깔아놓은 길섶에서
하루의 행복을 심는다.

달콤한 임의 향기를 나에게 주려고
바람마저 삼켜버린 박주가리 꽃송이들
송이마다 볼록 볼록
바람이 향기 주머니를 차지하고 앉아
쫓겨난 그 향기를 내 맘에 포근히 안는다.

이 포근함, 이 따스함, 이 달콤한 임의 향기가
내 맘을 어루만져 줄 때
전율처럼 다가오는 나의 기쁨 나의 행복은
그 무엇에 비하리요.

너무나 행복해서
임의 입술에 입맞춤 하려다
키다리 나리꽃과 환하게 웃고 있는
나팔꽃에게 들키고 말았네.

눈빛마저 애절한 모습에 내 마음은 끌려가고
청개구리는 입맛을 다시며 고독을 삼킨다.

부끄러워 속살마저 붉어지는
그대의 마음 닮은 나는
그 순결한 임의 향기를
그리움으로 가두어두렵니다.

영산홍 꽃봉오리

봄 햇살 영산홍 꽃봉오리 위에 쏟아지고
바람은 부푸는 가슴을 어루만지며 입맞춤을 합니다.

겨우내 독수공방 홀로 외로움을 지키다
웅크린 가면을 벗고 당당하게 촛불을 켜던 너

아픔들이 쪼개져 토해내는 붉은 선혈처럼
붉고 곱게 피어오르는 영산홍 꽃봉오리

눈 속에 저장하고 맘의 냉장고에 저장하여
두고두고 보고 싶은 고운 자태

시간의 성화에 못 견디어 너는 떠나가도
내 마음속엔 아름다운 너의 모습이
눈감아도 고운 얼굴
또 보아도 예쁜 자태로
오랫동안 떠나지 않을 것입니다.

선과 악의 마음

"선한 사람은 마음에 쌓은 선에서 선을 내고
악한 자는 그 쌓은 악에서 악을 내나니
이는 마음에 가득한 것을 입으로 말함이라."
〈 누가복음 6장 45절 〉

일곱 번째 사랑

희망이 솟는 마음

주님품 안에서

주님이 맺어주신 인연
그 결실이 알차게 맺혀
촌살 같이 빠른 세월 일 년이 되었구나.

웃음꽃 피어나는 행복한 가정에서
꽃봉오리 웃음소리 내 맘에 안겨오니
주님의 크신 은혜 내 마음을 녹입니다.

주님의 높은 뜻을 깊이깊이 깨닫고 자라
험한 세상 살아가는 초석으로 다듬어서
꽃들의 웃음보다 아름다운 삶 살려무나.

늙지 않는 꽃

우리가 사는 세상에는
늙는 꽃은 없습니다.

꽃은 사랑받기를 좋아합니다.
순간을 살기 위해 피는 꽃이 아니라
우리 마음속에서 영원히 살기 위하여
향기를 가두고 핍니다.

꽃은 비록 시간의 질투에 시들기는 해도
늙음을 두고 가지는 않습니다.

꽃은 결코 늙지 않습니다.
자기 닮은 유전자를 후손에게 주려고
시들어 갈 뿐입니다.

새끼 길고양이

새끼 길고양이가 울음을 먹고 있다.
밤송이 같은 솜털은 울음으로 세우고
낯선 장미 울타리 밑에 울음을 감추고
엄마를 찾고 있다.

하늘을 꺾는 소리가 내 맘에 맴돌고
장미꽃 꺾기는 소리가 허공으로 날아오를 때
고양이 울음은 줄 장미꽃 밟고서 엄마를 부른다.

내 맘속으로 파고든 까만 색깔의 울음은
네 귀여운 발길을 사랑으로 감싸게 하고
엄마의 흔적을 찾느라 분주하다.

버려진 것은 아닌가.
부모를 잃은 것은 아닌가.
내 맘 속으로 들어온
길고양이 새끼의 어미가 되어
굶주린 뱃속에 사랑을 채워본다.

오늘도 내일도 엄마의 사랑을 먹을 때까지
내 사랑을 덤으로 주고

반가워 눈물 섞인 애타는 엄마의 울음이
장미꽃 통곡으로 들릴 때까지 보살핌 위에 놓으리라.

귀 요 미

새끼 고양이가
울음을 안고 놀고 있습니다.

귀여움을 앞발과 입술에 몰아놓고
그 행동을 가지고 노는 모습은
내 마음에 즐거움의 파도가 출렁이게 하고

앙증맞은 예쁜 모습을 나비 등에 태우고
나를 행복 속으로 끌어드립니다.

앞발 하나하나의 움직임에 내 눈은 끌려 들어가고
귀염을 안고 뒹구는 모습에 내 마음도 따라 뒹굴고
나는 행복의 날개를 펼칩니다.

울음 한 조각
걸음 한 아름
말 못하는 털의 움직임에 귀여움을 올려놓고
내 마음은 폭신한 웃음 속으로 행복을 뉘입니다.

몽이를 보내며

가슴에 심어놓은
몽이 꽃 한 송이
목마를까
목이 탈까
눈물 비 내리네.

감겨지는 눈동자가
누구를 찾는 듯
갈구하는 안타까움

마음대로 못하는 몸
눈물만 삼키네.

팔딱이던 숨소리가
적막 속에 묻힐 때

마음으로 흐르던 그리움이
봇물처럼 쏟아진다.

그리움

눈 감으면
안 보일 줄 알았습니다.
귀 막으면
안 들릴 줄 알았습니다.
네가 떠나면
그 자리가 비어 있을 줄 알았습니다.

네가 이 세상에 없는 지금
눈 감아도 보이고
귀 막아도 들리고
네가 있던 자리에는 그리움으로 꽉 차 있구나.

내 마음 한가득 고여 있는 그리움을
퍼내고 퍼내어도 다시 고이는 그리움

가뭄이 너를 움켜쥐고
태양이 너를 태워도
억수같이 솟아나는 그리움은 말리질 못하는구나.

언젠가 세월의 뒤안길로 사라질 그리움
지금은 흠뻑 젖어보고 싶구나.

제목 : 그리움
시낭송 : 김지원
스마트폰으로 QR 코드를 스캔하면
시낭송을 감상할 수 있습니다.

욕   심

모과 향기가
가을을 한가득 채우던 어느 날
내 차가 가져간 모과 열매들
보물인양 끌어안고 입맞춤 중이다.

혼자서 다 가질 것 같은 욕심이더니
내가 문을 열고 들어서니
나에게도 선뜻 향기를 내민다.

나는 너무 감격하여
한참을 향기를 끌어안고 입맞춤을 한 뒤
정신을 차렸다.

문을 열고 들어오는 사람마다
한 아름씩 향기 선물을 안긴다.

만족해하는 사람들 감탄사가 연발이다.
나는 내가 좋아하고 아끼는 것을
다른 사람에게 아낌없이 선뜻 내 논 적이 있었던가.
자신을 돌아보게 한다.
모과보다 못난 인간들.

제목 : 욕심
시낭송 : 박영애
스마트폰으로 QR 코드를 스캔하면
시낭송을 감상할 수 있습니다.

85

뒤   끝

시는 마음속에
응어리져 있는 그리움입니다.

언제부턴가 상처 난 부위에
쌓이고 쌓인 사연들이 마음을 누를 때
그 그리움 속에 숨어있는 아픔을 녹여낸 것이
우리 마음에 울림을 주는 시입니다.

아름다운 추억들이 담겨 있는 곳
아픔과 슬픔과 그리움이 숨어있는 곳에서
그 응어리를 녹여 낸 후의 내 마음은

아침 공기를 마시며 햇살 쏟아지는
숲 속을 걷는 상쾌하고
속을 다 비워낸 듯한 시원한 마음입니다.

결 실

희망이 몸부림치는 늦은 봄에
꽃 진 흔적 찾으려고 분주하더니
어느새 탯줄 달고 사랑열매 열렸네요.

마음이 내키지 않는 일이라도
힘 다해 하고나면
그 수고의 땀방울이 맺어주는
기쁨의 열매

마음이 아파 흘린 눈물 뒤에는
인내가 안아주는 웃음의 열매

마음 주지 않고
사랑 주지 않고
열리는 열매는 정말로 없다고

내 마음을 받아준 해님이
내 마음을 위로해준 바람이
나에게 살며시 다가와 말해줍니다.

희망이 솟는 마음

"네 시작은 미약하였으나
네 나중은 심히 창대하리라."

〈 욥기 7장 10절 〉

여덟 번째 사랑

지도자의 마음

하나님이 다시 만든 사람

여러분은 "지선자매"를 아시나요.
그는 두 겹의 천사입니다.

악마의 불로 연단을 받고도
구름살결을 주님의 말씀으로 지으심을 받은 사람

그의 입에서 성력(誠力)이 나오고
마음에선 온천수 같은 뜨거운 사랑이
한없이 흘러나오는 하나님이 다시 만든 사람

불행을 감사함으로 감싸 안는 사람
부모님 마음과 바꿔 볼 줄 아는 하나님의 자녀

나는 오늘 그를 두 번째 만났습니다.
손가락이 뭉그러지고 코가 내려앉아도
하나님이 주신 몸 함부로 할 수 없다고
힘든 고통 마음으로 삭이면서
하나님 앞에 무릎 꿇는 사람입니다.

그가 말하는 몸짓을
나는 언제나 마음에 담고 살아가렵니다.

시상을 깨우는 묘약

시상은 마음의 신선한 충격을
아름다운 상상으로 만들어내는 마음의 방입니다.

마음의 충격은
꽃들의 웃음소리에서
향기를 업고 오는 나비 등에서
새들이 휴식처에 둘러앉아 수다 떠는 모습에서
만물들이 지나가는 발자국 소리에서

마음이 부르는 노랫소리가
내 심금을 울릴 때야 비로소 시상을 깨우고

바람의 스킨십에 짜릿한 춤을 너울너울 추는 이파리들처럼
깊은 계곡 맑은 물에서 수영을 배우는 가재들의 춤사위처럼
가재는 그 옛날 소가 돌리던 연좌맷돌을 돌린다.

이 얼마나 신선한 충격인가 내 마음은 시상에서 깨어나고
아름답고 싱싱한 시어들을 절이고 버무려
향기 나는 삶으로 엮어놓는다.

매미들의 합창

10년의 인고 끝에 도착한 세상에서
울창한 숲 속에 악단을 차려놓고
그늘에 모여앉아 부지런한 사람들을 위해
마음의 노래를 불러준다.

몸에 살아있는 아름다운 악기로 예쁜 마음을 담아놓고
합창으로 엮은 즐거운 멜로디로 피곤을 씻어주고
내 애간장을 녹일 듯한 그리움의 노래들

옥구슬 같은 소리를 내기 위하여
이슬로만 목을 축이고
복식 호흡을 하기 위하여
금식을 한다.

인내와 끈기로
100일간을 이슬만 먹고 노래를 부르다 보면
피곤에 지쳐 하나둘 쓰러지는 간절한 합창소리

우리 생에 위로와 힘을 주기 위해
삶의 한 조각으로 왔다가는 그 숭고한 애달픈 삶
우리는 그 마음에 울림을 영원히 잊지 못할 것입니다.

그날이 오면

청춘
생각만 해도
가슴 두근거리게 한다.

그 풋풋하고 순수했던 시절
지금은 마음의 눈이 무디어졌는지
이제는 마음속에서부터 시들어버린 청춘
노랗게 떡잎 되어 떨어진다.

그러나
저 늙음의 고목나무를 보라
그날이 오면 또 청춘이 돌아오지 않는가.

청춘의 싱그러움이 교향곡같이 울려 퍼지며
마음에 활짝 핀 사랑 꽃이
임들을 모으지 않는가.

나에게도 그런 날이 올까.
가슴 설레며 기다려본다.

폭염특보가 내리던 날

거꾸로 서는 피를 어떻게 뉘이렵니까.
끓어오르는 분노를 어떻게 삭이렵니까.

폭염특보까지 내린 아스팔트 주차장에서
설움이 등줄기 타고 내려오는 열기 속에서
기진맥진한 마음을 위로하기 위하여 글을 씁니다.

허물어져 가는 내 마음을 다시 세우기 위하여
찬물을 마십니다.
마음을 진정시키고 나 자신을 돌아봅니다.

비뚤어진 마음을 바로 세우려고 이야기한 것이
젊음을 아프게 했는지 잠깐의 수고도 배려하지 못하는
마음이 안타깝습니다.

나는 이 순간 눈멀고 귀먹었습니다.
시한폭탄 같은 젊음을 보는 것조차 비급해
눈 속에 마음을 감추고 눈을 잠급니다.

늙음의 설움이죠.
폭염특보를 핑계 하면서…….

낭송의 힘

햇살 쨍쨍 가문 날에
잎사귀 시들시들 생기를 잃고
목이 타들어가는 뜨거운 날에
갑자기 쏟아지는 단비로 인해
이파리 탱글탱글 함박웃음 웃는 것처럼

행복 싣고 날아온 기쁜 소식이
갈증을 느끼던 내 가슴을
촉촉이 적셔줍니다.

한 구절 한 구절 시향을 담아 전해주는
"그리움" 시 낭송은
메마른 내 가슴에 단비가 되고
생활에 활력이 됩니다.

내 생애 이 고운 추억 한 토막이
늙음의 세월이 흐른 후에도
마음을 젊게 만들고
흥분된 삶을 살 수 있도록
마음속에 행복의 둥지를 만들어 놓을 것입니다.

탱자나무 가시향기

사랑이란
저렇게 제 몸을 찢어
긴 가시를 내보내는 것입니다.

그리움은
왜 내 몸에
탱자 가시 같은 소름이 돋아나게 할까요.

행복은
오늘도 내 맘에 가시를
눈물로 녹입니다.

주사 바늘 같은
가시 끝에 매달린 행복 때문에
탱자 향기가 네 맘에서 나오는 가 봅니다.

지도자의 마음

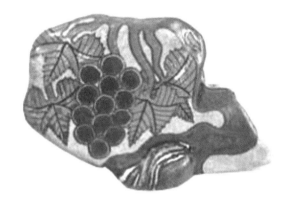

"의인이 많아지면 백성이 즐거워하고
악인이 권세를 잡으면 백성이 탄식하느니라."

〈 잠언 29장 2절 〉

아홉 번째 사랑

열린 마음

서툰 영혼 살려놓고(전도여행)

서툰 영혼 세 네 명을 주님 품에 안겨놓고
주님 걸어오신 그 흔적 찾으러 가는 날 정해놓아
기대 부푼 마음으로 손꼽아 기다리는데

장마철 날씨 걱정 비 오락가락
내 마음 부푼 가슴엔 눈물 비 주룩주룩
그 누군가 주님께 빡세게 기도했나.
무릎 밑에 고인 눈물 장맛비 되었는가.
출발하는 새벽녘엔 구름들이 춤을 추네.

저무는 나이에 주님 만나 깨닫게 하고
한 영혼 살려놓고 기쁨으로 떠나는 여행길
주님도 기뻐하며 환하게 웃음 짓네.

하룻밤 여행길이 남은 생 살아가는 길에
주님만 생각하는 기쁨의 배터리가 되게 하소서

아침 풍경

햇살의 따스함이
바람에 흩날리는 아침입니다.

영롱한 아침이슬
풀잎위에서 잠이 깨고
목이 타는 바람은
이슬방울 호로록 목을 축인다.

숲속에 모여앉아
목청을 가다듬는 산새들 노랫소리

외로운 내 마음을 아는 것처럼
내 귓가에 문안인사 두고 간다.

헤 맑게 웃으며
산들산들 손짓하는 코스모스 몸짓에

향기 품으려 다가오는 잠자리들의 고운모습에
마음은 내님인 듯 향기 품에 안겨본다.

일 탈

비 쏟아지는 날
회오라기 한 마리 날아와
높은 전선줄에 앉아 침묵이 길다.

평소엔 냇가 물에 발을 담가 놓고
노닐고 있는 고기들을 바라보며
하염없이 군침만 흘렸는데

오늘은 물속에서 퉁퉁 불어터지는 발이 싫어서인지
뽀송한 전선줄에 앉아 빗방울 냄새를 맡으며
세상의 움직임을 뇌리에 담는다.

높은 전선줄에서 몸의 균형을 잡는 것처럼
뇌리에 흐르는 생각들의 균형을 잡고 있는지 미동도 없다.

따뜻한 햇살이 지나간 자리마다
그 흔적 지우기라도 하듯이
빗방울은 쉼 없이 쏟아붓고 있다.

하루의 일탈은 나를 돌아보는 좋은 기회가 되겠지.

비움과 채움의 미학

새벽부터 헛기침 소리를 앞세우고 거리를 비운다.
까만 어둠을 비우고
우리들이 버린 지저분한 마음을 비웁니다.

골목마다 깔려 있는
우리들의 사연은 알려 하지도 않고
자기 마음을 새벽 맑은 공기로 씻어내듯이
긴 골목길을 비워냅니다.
비가 오나 눈이 오나 그 마음의 비움은
멈추지 않습니다.

비움이 있기에 채움이 있고
뽀송함 뒤에 촉촉함도 따라오듯이
아름다움이 지면 그리움도 따라옵니다.

사랑을 키우고 마음을 익히고
또 마음을 비우다 보면
그리움 또한 마음을 채우게 됩니다.

거리의 사연들도 비우고 나면
또 어떠한 사연들로 채워지겠지요.

골목길마다 아름다운 웃음소리가
흘러넘칠 때까지 비움은
멈추지 않을 것입니다.

낙지의 운명

생을 보람으로 살기 위해 무던히도 몸부림치던 이
한순간 판단 잘못으로 내 생을 너에게 주었다.

삶을 자기 뜻대로 살기 위하여 몸부림쳐 보지만
이미 너의 손에 맡겨진 내 삶을 마음대로 할 수 있으랴

네 다리가 네 몸뚱이가 토막이 나면서도
살겠다고 매달리고 애원하는 너의 모습이 애처로워
차마 나는 너를 들어 참기름에 목욕시킬 수가 없었단다.

일제 강점기 때 일어났던 일들처럼
내 몸이 너의 손에서 몸부림쳐 보지만
헤어날 수 없어 눈을 감는 것처럼

차마 눈 뜨고 볼 수 없는 너의 몸부림에
입을 벌릴 수가 없었단다.

배려가 마음의 향기를 받으며

배려
나는 그 마음을 존경합니다.

자기 마음을 낮추는 자세가 고맙고, 감사하고
꼭 안아주고 싶은 사랑이 꽉 찬 마음입니다.

당연한 것을 불편해하는 게으른 사람들은
배려의 맛을 보지 못한 사람들입니다.

타인에게 불편을 주지 않으려 하는 마음
내가 조금 불편하더라도 상대방을 위하는 마음
이것은 배려가 성숙한 사람들만이 하는 행동입니다.

마음에서 나만을 위하는 생각이 가득하면
배려의 싹은 돋아날지는 모르지만
예쁘게 자랄 수가 없습니다.

배려는 마음의 크기입니다.
배려심이 깊은 사람은 마음에 향기가 납니다.
우리가 넓은 세상에 나가 여러 가지 모습들을 보고
다양한 경험을 통하여 배려의 지식을 넓히듯이
우물 안의 개구리는 배려라는 자체를 모릅니다.
우리는 이기주의에서 탈피하여
배려의 향기를 입읍시다.

가을을 태우는 남자

가을비 흐느끼는
은행나무 이파리 위에

저 멀리 사라지는
물먹은 바람 소리

가슴에 매달린 그리움의 색깔들이
노랗게 익어갈 때

들판의 황금물결은
내 마음을 태우는구나

매미 소리 끝을 잡고
내 마음의 생각들이 송골송골 익어갈 때

소슬바람 사이에
숨어 우는 귀뚜라미 울음소리가
떫은 감 같은 내 마음을 빨갛게 익힌다.

멈춰버린 고동 소리

하얀 백사장에
멈춰버린 고동 소리
한이 서린 한생의 삶이
혼을 잃고 나뒹군다.

파도가 밀려올 때마다
한 서린 그리움이 한 모금씩 고이더니
파도가 스러질 땐
그리움도 가져가네.

바람에 밀려오는 갈매기 울음소리
내 맘을 위로하듯 슬프게 울어 봐도

하얗게 몸부림친 백사장은
내 마음 알려나.

그리움 잃은 고동은
세월만 토해낸다.

가을을 기다리며

보슬비 살며시 내려앉은 초록 들판 위에
해님이 빚어놓은 곱디고운 들꽃들

햇살이 영글어진 꽃향기 주머니마다
그리움 가득가득 담아놓은 꽃송이들

갈바람도 쉬어가는 언덕에 홀로 앉아
그리움 가득 담은 꽃향기 안겨오니
임의 품에 안긴 듯이 마음이 편안하다.

계절이 익어가는 산길에 들어서니
이름 모를 들꽃들이 우르르 몰려들어
내 님을 맞이하듯 방긋방긋 웃고 있네.

뜨거운 열정으로 달구어 놓은 꽃송이들
준비된 이별이지만 밀려오는 아픈 마음
그리움으로 메마른 가슴 흠뻑 적실
가을을 기다린다.

가뭄 비

메마른 가슴에 그대의 맘이 와 닿듯이
내 가슴 한 모퉁이부터 사랑비가 스며듭니다.

까칠하고 몽글몽글한 날에 찾아온 사랑 비는
내 마음을 두근거리게 하고
희망의 메시지를 전해줍니다.

촉촉이 적셔주어 애타는 가슴에
돋아나는 새싹처럼
그대의 눈길에 쌓여버린 사랑 꽃은
향기와 함께 애틋한 마음으로
나를 사로잡습니다.

얼마나 기다렸는가.
얼마나 보고 싶었는가.
사랑 비 한입 물고 한발자국 뛰어보니
온몸에 전율이 꿈 사랑으로 전해오네

아~ 얼마만의 단비이던가.
얼마만의 꿀 비인가

파도 소리

출렁이는 모래사장 위를
발자국이 나를 밀고 갑니다.

흔들리는 지평선을 바라보고 있노라면
물결이 겹치는 소리
파도가 열리는 소리
내 맘 문을 열고 나에게 들어옵니다.

고동도, 소라도, 해삼도, 멍게도
자기들의 노래를 부르며
내 맘으로 들어옵니다.

파도 문이 닫히고
노랫소리가 숨을 멈출 때
파도에 떠밀려온 모래사장 위의
고동도, 소라도, 숨을 멈추고
노래를 잊은 지 오래되었습니다.

마치 세월이 나를 떠밀고 와
내 귀에 들어오는 소리를 가늘게 하듯이
나는 점점 소라가 되어 갑니다.

뭇 사람들은 언젠가
모래사장 위에서 파도 소리를
잊지 못하는 내 모습을 보겠죠.

열린 마음

"나는 너희에게 이르노니
너희 원수를 사랑하며
너희를 박해하는 자를 위하여
기도하라."

〈 마태복음 5장 44절 〉

열 번째 사랑

교만한 마음

영혼을 씻는 기도

어둠을 열고
무릎을 조아려 봅니다.

좁은 뒷골목에서 들려오는
영혼을 깨무는 소리

어둠 속에서 들려오는
검은 욕심 덩어리들의 아우성소리

골목길은
마음속 검은 욕심 덩어리들의 질투와
시기와 이기주의가 뒤엉켜
마음을 소란스럽게 합니다.

나는 어둠이 지나간 자리에 앉아
깨끗한 공기로 내 몸을 씻고
마음의 간절한 기도로 내 영혼을 씻습니다.

오늘도 맑은 영혼으로 세상을 보기 위하여
자신의 영혼을 씻는 기도를 드립니다.

호랑이 장가가든 날

눈 뜨고 잠자는 것
해 뜨고 비 오는 것은 같은 이치일까.

오늘은 뭉게구름 듬성듬성 깔린 하늘 사이로
해님과 빗님이 동시에 쏟아진다.

구름과 해님의 의견 다툼이 있었는가 보다.
서러워 통곡하던 하늘 님은
해님의 말 한마디에 그 설움 그치고
구름은 부끄러운 듯이
삼베바지 방귀 새나가듯
슬며시 사라진다.

언제 울었냐는 듯 하늘 님은 방긋이 웃고 있고
먼지나마 쫓아낸 눈물방울은 싱글벙글 이다.

무지개다리 건너가던 바람은
숨 가쁘게 달려온 길에 목이 타는지
풀잎 위에 눈물방울 호로록 마신다.

나는 우왕좌왕하다 빗님의 마음을 받아 안고
어쩔 줄을 몰라 했다.

젖은 마음

어제 내린 비 마음에 안고
행복해 하는 들꽃들을 보라

따스한 햇볕 받으며 날개 말리는 나비를 보라
들꽃 향기에 이끌려 날아온 벌들을 보라
얼마나 밝은 마음들인가.

들꽃들의 향기 웃음에 나비는 춤을 추고
벌들은 주체할 수 없는 행복감에 입맞춤을 한다.

들꽃들의 행복에 젖은 마음이 내 마음으로 넘치고
공기처럼 가볍게 떠오르는 향기는
바람처럼 내 맘을 흔들고

바람은 행복을 질투하며 들꽃들을 흔들어 보지만
행복에 젖은 마음을 말릴 수 있으랴

나는 오늘도 들꽃들의 행복에 젖은 향기를 맡으며
행복한 하루를 보낸다.

소중한 그대

어제 내린 비에 웃음 떠내려 보내고
향기마저 떠내려 보냈습니다.

오늘은 화사하게 웃으며 찾아온 그대
그대가 있었기에
웃음꽃을 활짝 피울 수가 있었고
그대가 있었기에
꽃향기 곱게 날릴 수가 있었습니다.

그대이기에
고운 미소로 내 마음 줄 수가 있었고
그대이기에
바람결에 힘내라고 위로해 줄 수 있었습니다.

늘 소중한 그대가 있어 내 삶에 향기가 나고
미소가 멈추지 않았습니다.
오늘 하루도 그대의 예쁜 사랑 받으며
행복한 마음으로 살렵니다.

마음의 향기

꽃들의 마음속에는
웃음의 향기가
가득가득 담겨 있습니다.

퍼내고 퍼내어도
마르지 않는 향기
그 향기는 마음을 열어
모두 우리에게 주었습니다.

우리들의 마음속에도
예쁜 향기들이 가득가득 고여 있습니다.
그러나 향기 구멍이 막혔는지
향기가 나오질 않습니다.

질투와 이기심이 막아놓은 향기 구멍을
꽃들의 향기로 녹여야 할 것 같습니다.

꽃들의 세상 못지않게 우리가 사는 세상도
웃음의 향기 속에서 곱게 피어나는 파초처럼
마음의 향기가 끝없이 피어나는
세상이 되었으면 좋겠습니다.

승   진

감나무 높은 꼭대기에서
알몸으로 수양하던 감처럼

하늘 바람 찬 이슬 온몸으로 받으며
인내하던 시절처럼

떫은 속살 익히느라
아리던 마음마다 피멍이 들고

아픔의 절규들이 붉게 익어
마음에 향기가 나는구나.

마음 한가득 고여 있는 그리움의 단맛
너로 인해 느낄 수가 있구나.

눈　물

사랑은 내 마음에
잔잔한 물결을 만들어 놓았고

이별은 내 마음에
출렁이는 파도를 만들어 놓았다.

슬픔은 내 마음에
수문을 열어 놓았고

그리움은 내 마음에
호수를 만들어 놓았다.

아~~
사랑은 내 마음에
눈물이로구나.

그리운 사람

눈 감아야 보이는 사람
귀 막아야 들리는 목소리
내 곁에 없어야 그리운 사람
그 님은 내 곁을 떠났습니다.

바람결에 임 그림자 날려 보내고
애타는 이 마음 아는지 모르는지

그리운 목소리 듣고 싶어서 귀를 막아봅니다.
고운 내 님이 보고 싶어서 눈을 살포시 감아봅니다.
그리운 사람 그림자라도
내 곁에 앉히어 보고 싶어 합니다.

보고 싶은 사람 보고 싶어 하고
그리운 사람 그리워하는 것도 사치인가요.

내 마음에 덮여 있는 먹구름이 걷히는 날
방긋이 웃는 모습으로 내 님은 오시겠지요.

교만한 마음

" 명철한 자의 입술에는 지혜가 있어도
지혜 없는 자의 등을 위하여는
채찍이 있느니라. "

〈 잠언 10장 13절 〉

열한 번째 사랑

마음의 열매들

나를 먹어버린 나의 귀

내가 나이를 먹으니까
내 귀도 나이를 먹는지
나를 몰라본다.

저만치서 나에게 외치는 소리를
나의 귀가 먹어버린 모양이다.

소리가 메아리 되어 돌아와도
나의 귀는 열리질 않고
귓전을 맴돌 뿐…….

나이를 먹는다는 것을
귀도 아는 모양이다
소리까지 먹어버리는 걸 보면…….

2011년 12월 16일(금요일)에 매일신문 지상백일장에 실린 시

송구영신

보내는맘　아쉬운맘　또한해가　가는구나
한해동안　뭘했는가　나의모습　담아보니
담기는것　나이일뿐　아무것도　안보이네
미리미리　중간점검　안한것은　아니지만
이제와서　후회한들　아무소용　없겠지만
우리네삶　별탈없이　잔잔하게　지나온것
건강한몸　유지하며　살아온것　재산이라
넉넉하지　못한가정　꾸려가는　울마누라
젖은손이　안타까워　시린손이　잡아봐도
그따뜻한　손의온기　나에게로　전해오네
허리굽혀　펴기힘든　일상생활　하다보면
건강잃고　병든후에　후회한들　무엇하리
일하는것　뒤로하고　건강먼저　챙겨보세
지난해를　거울삼아　새로운삶　설계하여
그누구도　못가본해　이천십이　그한해를
우리모두　손맞잡고　우리이웃　돌아보며
꿈을품은　부푼가슴　땅속에서　새싹솟는
어린싹을　보살피듯　고이고이　보살피어
올한해는　우리모두　풍성한해　되게하세

2012년 1월 1일 "MBC 지금은 라디오시대" 조영남, 최유라 씨가
진행하는 코너 중 "시인의 꿈 네자로 말해요" 코너에서 최유라 씨가
낭독해준 시

후배(後輩)

우리는 구름 울타리 안에서
생활을 같이하던 한 가족(家族)
울타리의 오색 무지개를 넘어
하늘 문을 열고 먼저 들어온 선배(先輩)
뒤에 들어온 후배(後輩)

선후배(先後輩)가 따뜻한 정을 같이하던 곳
고래를 춤추게 하는 소리를 듣게 하는 당신들과
한 솥의 누룽지를 먹었다는 것이
나 자신 흥분됨을 느낀다.

고고한 학(鶴)이 숨을 토하고
몸을 비벼대던 그 공간에
나의 발이 머물렀다는 사실이
얼마나 감사한지

고래가 춤추는 말로
학이 하늘 문을 활짝 열고
가보지 못한 내일을 향하여
높이 더 높이 날기를 기도해 본다.
선배가 노파심(老婆心)에서‥‥‥‥.

국립농산물품질관리원 경북지원
< 농식품안전누리 창간호에 실림. 2012.2.1 >

봄비

비가 가늘어서
가시 사이로
숨어 내리는 이른 아침

젊음이라는 수식어를 달고 싶은
둥치 굵은 탱자나무는
무슨 옷을 입을까 고민이다.

마음이 깎이어
피부마저 얇아져서
추위를 막을 수 없더니

가는 비에
튼 살 사이로
진통을 새싹으로 밀어낸다.

가시 끝 봄비에는
눈물 맛이 섞여 있다.

< 2012년 3월 12일 09:40분 대구MBC라디오 "여성시대"에서
이소영, 지동춘 아나운서가 낭송하고 박윤배 시인이 수정평가한 시임. >

< 낭송시 - 대한문인협회 >

 제목 : 봄비
시낭송 : 최명자
스마트폰으로 QR 코드를 스캔하면
시낭송을 감상할 수 있습니다.

화분 갈이

매서운 추위가 겁이 나
숨죽여 있더니
동장군이 물러갔다는
이슬비에 떠내려온 소식에

잠 눈을 비비며 손 내밀어 더듬어 보고
촉촉함이 마음에 오니
그제 서야 마음껏 하품을 한다.

나는 지난해 화분 속에
분주함을 정리하고
새 양식을 넣어
또 한해의 아름다움을 뽐내주기를 소원하며

버릇없이 자란 가지를
요리조리 다듬으며 부탁해 본다.

참된 삶이란
버르장머리를 고치며 사는 것이라고.

2012.04.06. 대구매일신문 지상백일장코너에 실린 시

남천강의 야경

어두움이 오색무지개를 타고 남천 강에 내리던 날
비둘기 가족들이 소리높이여 환영하고
거꾸로 도열하여 물속에서 춤추는 가로등을 부수며
홀연히 나타났다 사라지는 날개 족들

모가지를 자랑이라도 하듯이
짧은 듯이 긴 목덜미로 남천 강을 휘감고
앞뒤로 노를 저으며 사랑을 노래하는
저 원앙, 오리, 황새들

경산의 젖줄은 남천에 묻어놓고
거울그림자의 투명한 흐름 속에 노니는
버들피리, 가제, 골뱅이들

철철이 갈아입는 아름다운 옷
사철 쉼 없이 아껴주는 시민들
건강을 지키려 숨을 토한다.

대대손손 시민들이 찾는
이 아름다운 공간은 경산의 얼굴
시민들의 건강을 품어주는 남천 강은
오늘도 쉼 없이 흐른다.

2012년 6월호 경산시 소식지에 실림

가을로 가는 저녁

구름과 달이 시름하는 저녁입니다.
후텁지근한 열대야는 태풍이 안고 가고

선선한 바람은
귀뚜라미 울음소리에
내 체온이 더 내려갈까 봐
잠을 재우는 저녁입니다.

귀뚜라미 울음 없는 저녁도
반소매는 추위를 타는구려.
모기도 수혈받기를 포기했는지
나에게 칭얼대기를 하지 않고
저만치서 눈치만 보고 있구나.

아! 벌써 가을로 가는 길인가
아직도 더 붉게 물 들여야 할 사과의 마음에
내 진한 마음을 전하지도 못했는데

진실 된 내 마음을 저 붉어지는 사과의 속마음에 전하고
내 님의 입을 통하여 나의 진실 된
가을의 맛을 느낄 수 있도록 하고 싶구나.
이 가을로 가는 저녁에.

2012. 11. 2. 매일신문 지상백일장에 실린 시

상상의 눈사람

우중충한 날에
심통이 쏟아져 내리듯이
색색 깔의 눈꽃송이가 소리죽여 내린다.

어제는 빨간색 꽃 눈송이가
오늘은 하얀색 꽃 눈송이가
내일은 파란색 꽃 눈송이가
모래는 노란색 꽃 눈송이가
쏟아져 내리면

꼬마들은 자기가 좋아하는 색깔의 눈을 맞으며
강아지와 함께 색깔별로 눈을 말아 세우겠지?
빨간색 눈사람
하얀색 눈사람
파란색 눈사람
노란색 눈사람에
눈을 그리고 코를 그리고 입을 그리면
다문화 가족이 된다.

모두가 한마음 한뜻으로
이웃하며 살아가는 다문화 가족
피부 색깔은 다르지만 마음에는 색깔이 없듯이
색깔의 눈꽃송이도 색이 없는 물로 녹는다.

2012년 12월 17일 대구MBC라디오방송
여성시대 아침 9시 30분에 방송됨

웃음 꽃

그렇게도 보고 싶던 내 소꿉친구
골목길에서 우연히 만났다.
그 길을 먼저 웃음으로 꽉 채우고 나오는 친구

웃음을 한 아름안고
입안에 웃음을 한입물고
얼굴전체로 미소가 번지면서

나에게 웃음을 건네주는 친구
반가워 흐드러지게 핀 웃음꽃을
한 아름 껴안았다.

옷깃만 스쳐도 눈끼리 부딪혀도
미소가 온 얼굴로 밀고나오는 친구

네 미소가 내 맘에 있고
내 웃음이 네 맘에 있나보다
미소가 지나간 자리에 웃음이 이는걸 보면

너만 보면
그 옛 웃음이 내 얼굴로 번져 나온다.
나의 친구 소꿉친구야.

2013.02.28. 대구매일신문 지상백일장에 실린 시

꽃 망 울

저 꽃망울 속에 들어있는 꽃송이는
당신 생각 속에도 들어있습니다.

저 꽃망울 속에 들어 있는
꽃의 색깔이
당신의 눈동자 속에도 들어 있습니다.

저 꽃망울 속에 들어있는
꽃향기가
당신의 마음속에도 들어있습니다.

당신의 눈으로
당신의 생각으로
당신의 마음으로 본
저 꽃망울 속에 숨겨져 있는 꽃의 마음을
당신은 입으로 말할 수 있습니다.

이 세상 모든 사람들에게
저 꽃의 마음을
저 꽃의 향기를 전해주세요

세상을 꽃의 마음으로 바라보고
모두가 아름다운 삶을 살도록
2013. 5. 2. 매일신문 지상백일장에 실린 시

133

어머니의 꿈 밭

노을이 곱게 물드는 고향
소리만 들어도 가슴이 두근거리는 곳
옛 추억을 묻어놓은 그곳에 어머니의 놀이터가 있었습니다.

마을 뒤 나지막한 산기슭 끝에
청개구리 집 같은 비탈진 밭이 매달려 있는 곳

보리 심고, 콩 심고, 각종 양념류와 채소 등을 심는 곳
어머니의 놀이터 꿈 밭
밥 먹는 것보다 호미 들고 잡풀들과 씨름하는 것이 더 절실했던 시절

땀이 온몸을 적시고도
밭고랑이 패이도록 흘러내려도 멈출 수 없는 일
호미가 달고 달아 몽당연필처럼 된 것이 몇 개이던가.

어느새 허리는 호미를 닮고
어머니 얼굴에는 밭고랑 같은 주름살이 눈물로 패이고
무디어진 호미 날 같이 손마디도 굵어지고
가슴마디까지 무디어 지셨던 어머니
누구를 위한 몸부림 이었는가

주인 잃은 그곳을 다시 찾으니
어머니의 그때 모습이 보이는 것 같아
가슴 밑바닥까지 저리어 옵니다.

2013년 5월호 경산소식지에 등제된 시

다 짐

처음부터 재잘 재잘 숙덕숙덕
천재(天才) 소리를 듣더니만
입만 기웃거리며 의술(醫術)을 펼친 지 벌써 8년이 되었구려.

예쁜 입이라서가 아니고
아름다운 입이라서가 아니고
내 마음을 두근거리게 할
입이라서가 아닙니다.

단지 입속에 들어있는 복덩이들이
제 역할을 다 할 수 있도록

보살펴 주고 돌봐주고 배려해 주고
제 자리에 앉혀주기 위한 것임을
오해 없기를…

그동안 많은 입들 속에서
인고(忍苦)의 세월을 보냈습니다.
그 속에서 행복을 찾고
보람도 찾았습니다.

앞으로도 복덩이들이
제 역할을 다하는 그날까지
우리는 그이를 보살피리라
다짐을 합니다.

2013년 09월호 M-PAPER(미르치과병원신문)에 실린 시

흙　비

간밤에 몸부림치며
울면서 창문을 두드리다
돌아간 백우(白雨)처럼

어느 외딴집 구석진 곳에
멀거니 앉아 소주잔을 눈물로
채우다간 여인네처럼

투명한 유리창에
지문처럼 남기고 간
너의 흔적을 바라보며

내 눈물 닮은 너의 발자국이
피눈물보다 진한 흙비라는 것을
나는 알았네.

2013년07월호 M-PAPER(미르치과병원신문)에 실린 시

가을이 여무는 몸짓

가을의 하늘 아래 이미 지난 푸른 젊음
아직은 오지 않는 그날의 자리에서
그리움 익어가는 곳 가을 하늘 품 안에

들판에 사과들이 그리움에 색깔 내듯
그리움이 익으면 마음속에 향이 나고
맘 무게 견디지 못해 진한 여운 새긴다.

가을이 눈짓하는 그 몸짓 따라가면
햇살이 애무하는 빨간 빛깔 동그라미
꽃다운 미소 속에서 익는 세월 아쉽소.

2013년 9월 26일 대구 매일신문 지상백일장에 실린 시

기도하는 마음

조아리는 무릎 밑에
마음을 깔아놓고
주체할 수 없이 흐르는
마음이 녹은 물이
세속에 찌던 때를 씻게 하소서

내 마음이
겸손을 받아들고
남을 귀히 여기는 마음에
문을 열고 들어가
자랑과 교만에서
내 마음이 멀어지게 하소서

마음의 밑바닥에 깔려있는
순수함이 일어나
마음에 감사가 흘러넘치게 하시고
탐심을 멀리한 한해에 감사하게 하소서

2013년 경산중앙교회 문학공모부문 우수상 작품

마음의 씨

마음씨 고운 예쁜 꽃이 활짝 피었습니다.
부드러운 노란 꽃부터 정열적인 빨간 꽃까지

눈가에 웃음꽃부터 얼굴에 보조개 꽃까지
그윽한 향기가 내 마음을 편안하게 합니다.

마음의 씨마저 그렇게 곱기에
얼굴에 활짝 피어오르는 웃음의 그늘마저
향기가 나는 가 봅니다.

꽃은 어느 꽃 하나 미운 꽃이 없듯이
마음의 씨앗은 더 곱다는 걸 나는 압니다.

이 고은 가을에 고운 마음의 씨
알토랑 같이 충실히 익혀
영원토록 우리들의 가슴에
고운 마음이 활짝 피어있기를
간절한 마음이 되어 두 손을 모읍니다.
우리들의 꽃밭에는 항상 고운 웃음꽃만 피기를….

2014년 1월 16일 매일신문 지상백일장에 실린 시

잃어버린 영혼

가정은 행복한 나라의 초석입니다.

세월호는 초석을 들이받고
흠집을 내었습니다.
마음에 구름덩이를 안겨 비를 내리게 하고
가슴에 불을 질러 뜨겁게 했습니다.

우리들은 가정이란 집단을 통해
행복을 찾습니다.
그놈은 행복을 짓밟았습니다.
가정에 불을 질러 행복을 태웠습니다.

행복 태운 재를 바다에 띄웁니다.
아직도 길을 잃고 헤매는 어린 영혼들이
태운 행복이나마 느끼고 찾아오라고

가족의 통곡도 띄웁니다.
눈물에 젖은 고통도 띄웁니다.

2014년 5월 15일(목) 매일신문 지상백일장에 실린 시

남천강 봄소식

남천강 시냇물에 떠내려 오는 봄소식을
귀를 열고 들어보자.

누렇게 앓아눕던 뚝 방의 들풀들도 부스스 잠을 깨고
겨우내 쇠락한 풀숲을 배회하던
길 잃은 물오리 떼도 봄단장에 분주하다.

세상으로 닫혀있던 귀가 열리고
물빛이 힘을 얻으니 수양버들 초록 옷 입히고
너울너울 춤을 추는구나.

꽃들이 만발한 하천변 길섶엔
그리움 잃은 벌, 나비들이 우르르 몰려오고
어둠이 깔린 맑은 물 위엔
푸르게 눈뜬 별들만이 쏟아져 내린다.

2015년 5월 경산시 소식지(우리경산)에 등제됨

작은 기쁨들의 천국

여관구 시집

초판 1쇄 : 2016년 6월 10일

지 은 이 : 여관구

펴 낸 이 : 김락호

디자인 편집 : 이은희

기 획 : 시사랑음악사랑

인 쇄 : 청룡

연 락 처 : 1899-1341

홈페이지 주소 : www.poemmusic.net

E-Mail : poemarts@hanmail.net

정가 : 10,000원

ISBN : 979-11-86373-39-2